Laurence Nossent

Je suis une fille de la nuit

Poésie

LES ÉDITIONS
MILLE ET UNE VIES

JE SUIS UNE FILLE DE LA NUIT

Je suis une fille de la nuit
Et quand le monde s'endort,
Que les gens quittent leur masque du jour,
Les étoiles se lèvent alors
Et les anges descendent sur mon lit,
M'emportent vers d'autres jours,
M'emmènent dans une autre vie.
Alors, dans l'encre du ciel,
Alors, il y a mon soleil…

Enfin voilà la nuit,
Les étoiles, la lune qui luit,
Moment calme et serein.
Puisse-t-elle s'éterniser !
Que le jour tarde à se lever.
Je n'ai pas fini de rêver…

Solitude amie,
Bulle de survie.
Échapper au monde,
Refuser de se fondre,
Résister, être soi,
Et seulement cela.

J'aime quand la nuit tombe,
Adoucit les angles de son ombre.
J'aime me cacher dans son manteau sombre,
Redevenir moi-même malgré
et contre le monde,
Retrouver mes chants et rêves d'ambre.

La nuit étend son ombre,
Éteint le jour doucement,
De son grand voile sombre.

Et tandis que s'allume la lune,
Glisse, glisse ma plume....
Comme les pierres dans un torrent,
Comme un bateau dans le courant,
Se bousculent dans ma tête les mots,
Comme des milliers de gouttes d'eau...

Laissons se substituer dans la nuit
Une image à une autre qui suit.
Et parfois un poème inachevé
S'évanouit tandis que je froisse le papier.

Je t'aime, ô Nuit,
Pour ta douce accalmie,
Entre deux battements de vie.
Je t'aime aussi
Car, loin de tous soucis,
Tu nous emmènes
Vers mille et un soleils.

Je te hais, ô Nuit,
Pour tout le temps
Que tu nous voles,
Les meilleurs moments
D'un rêve qui s'envolent
Avec le jour qui s'éveille.

Je t'aime, ô Nuit,
Et je te hais aussi.
Mais puisque tu n'y es pour rien,
Pardonne-moi, si tu veux bien.

Se lever tôt et admirer
L'aube qui accroche ses dentelles
Dans l'air cristallin,
Où la rosée matinale perle
Et sème ses diamants éphémères…

Je regardais l'aube sur le bord du rivage,
Le soleil naissant faisait briller les vagues,
Les poissons sautaient,
Et moi je chantais.
Les mouettes, matinales, pêchaient
Dans la fraîche beauté
Que le matin nous offrait.
J'entendis derrière moi
Le coq qui chantait
Pour la deuxième fois.

Nuit de pleine lune,
Où le sommeil me fuit,
Mais où ma plume trace son sillon
Sans aucune fatigue.
Je ne sais d'où vient mon inspiration,
Ni quel est mon guide.
Les idées s'enchaînent, fluides et claires,
sans soucis…

Et puis l'aube blafarde me surprend,
La maisonnée s'agite doucement.
Je sais, à ce moment,
Qu'il me faut abandonner
Mes pensées et rêves éveillés,
Pour vivre avec tous cette journée,
Comme si de rien n'était,
Lasse, certes, mais apaisée.

J'ai parfois envie
De hurler dans la nuit,
Comme les loups à la lune,
Quand, parfois, tout est brume,
Qu'il n'y a ni rêve, ni poésie,
Que les mots s'échappent entre mes doigts…
Et j'ai mal, très mal,
Là où le cœur bat !

INSPIRATIONS

Je suis les chemins,
Ivre d'air pur
Et de nature.
L'air sent le printemps.
Sous le dernier gel,
La terre se réveille
Tout doucement.
La vie reprend,
Tout simplement.

C'est le printemps

Et je ne le savais pas.
Alors que la nature s'éveille
Tout autour de moi
Et que le seigneur Soleil
A chassé le froid :
Que fais-je ?
Je rêve !
Je ne suis
Ni là, ni ici.
J'attends de retrouver le temps
De m'allonger contre terre,
De la sentir respirer
De tous ses pores
Et de laisser le vent,
Du bout de son souffle léger,
Caresser mon corps…

Le temps du sud dans l'est.

La terre a-t-elle retourné sa veste ?
Le monde tourne–t-il à l'envers ?
À peine a-t-on dit au revoir à l'hiver,
Le printemps à peine entraperçu,
Nous voilà presque nus
À exposer nos peaux blafardes
À la douceur ineffable
Des rayons du soleil
Qui, ô merveille,
S'est trompé de saison.
Pour longtemps, espérons !

À la télévision,
J'ai laissé les images
Et coupé le son ;
Regardé les paysages,
Ignoré les informations.
Je suis partie en voyage
Sans quitter la maison.
Je suis l'oiseau
Sous les nuages,
Je survole la terre,
Les forêts, la mer.
Vu de là haut,
Tout est si calme,
Tout est si beau…

Ferme les yeux,
Je t'invite.
Aujourd'hui mon ciel est bleu
Et mon esprit limpide…
Entends l'orage rouler.
On ne sait d'où il vient,
Seulement qu'il a frappé
Quelque part dans le lointain…
Écoute le vent gémir,
Bousculant tout sur son chemin.
Qu'a-t-il donc à te dire
Qui ne puisse attendre demain ?
Ouïs le chant de l'oiseau,
Le matin, à la fraîche.
Tu le verras sur l'arbrisseau,
Si tu te dépêches…
Et moi, j'ai envie
De chanter comme lui :
Je viens de renaître.
Je suis comme la campagne
Après l'orage et la pluie ;
Le sommet d'une montagne
Lorsque le vent est parti ;

Comme la mer
Après la tempête ;
Comme le renouveau
Après l'hiver ;
Comme le ruisseau
Entre l'herbe verte :
Je suis en fête.

Sous le ciel limpide,
Où aucune nuée
N'ose s'aventurer,
Le temps semble suspendu
Dans le silence de l'après-midi,
Où même les oiseaux se sont tus,
Attendant que le soleil au zénith
Baisse un peu le feu
De ses rayons ardents…
Même le vent
Préfère aller caresser
De son souffle doux
D'autres contrées.
Pas un bruit dans le quartier,
Tandis qu'au bout de la rue,
La vie ne cesse de bruisser…

Vacanciers de la fin de l'été,
Deux semaines avant la rentrée,
Les cartables déjà prêts,
Nous nous sentions privilégiés :
Les plages de Vendée,
Presque désertes,
Nous étaient offertes.
Pieds nus dans le sable doré,
Notre imagination débordante
Se laissait emporter
Au gré des marées,
À la recherche d'un trésor,
Quand le soleil couchant
Colorait la mer
De ses reflets d'ors...

Salut, Messieurs les nuages !
Salut et bon voyage !
Je partirai bien avec vous
Mais j'ai trop de rendez-vous.
Salut, coin de ciel bleu !
Comment fait-il aux cieux ?
Dites à Sire Soleil
Que j'aimerais qu'il me réveille…
Dites, est-ce que de là-haut
Le monde est plus beau ?

Goutte, gouttelette de pluie,
Non point je ne te fuis.
Goutte, gouttelette de pluie,
Mouille, mouille leur,
Leur sacré bout de nez
Qu'ils ont peur, si peur,
De mouiller.

Goutte, gouttelette de pluie,
Toi qui es si, si jolie.
Goutte, gouttelette de rosée,
J'aime te regarder tomber,
J'aime tes légers baisers.

Écoute, écoute chanter le vent
Dans la cheminée quand il est content ;
Sa chanson est tendre.
Écoute, et tu vas le comprendre.

Écoute, écoute rugir le vent ;
Là il est très mécontent,
Il fait trembler les lampadaires
Dans la ville endormie
Dont il dérange la nuit…

Comme ce violon qui,
Si haut, hurle la vie :
En mon cœur,
Un orage, une clameur
Folle, me déchirent…
Puis, comme un soupir,
Une troublante douceur…
Ce n'est pas moi qui l'ai écrite,
Mais c'est ma symphonie.

Une plage en automne,
Déserte et sauvageonne,
Bordée de résédas et de pins,
Dont l'odeur nous embaume
Après la pluie du matin…

Ce n'était ni le soleil, ni la pluie.
On aurait dit la mélancolie,
Comme les feuilles s'égouttent à l'automne
Quand la forêt gémit et frissonne.

Et voici l'automne charmeur,
Aux forêts de mille et une couleurs.
Le vieil ensorceleur,
Avec son soleil enjôleur,
Réussit à me faire oublier
La vie des vacances, l'été…
D'un jour à l'autre, il se colore.
À chaque aube, un nouveau décor…
Parfois un peu triste,
Toujours optimiste,
Il annonce des joies à venir :
Allons, n'enterrons pas
Les bons souvenirs,
Noël arrive au pas
Avec ses éclats de rires…

Et si la vie n'était qu'un jeu,
On s'amuserait à être heureux.
Je sais, ce n'est pas très sérieux,
Mais ce serait tellement mieux.
On la verrait en rose, en bleu,
On en ferait ce que l'on veut…

Après de longs jours humides et gris,
Elle est venue pendant la nuit.
À petits pas discrets,
Tout doucement, patiemment,
Enfin elle est arrivée,
Elle a déposé son manteau blanc.
Et ce matin, elle était là,
Belle, pure, étincelante,
Sous le soleil froid de l'hiver,
Faisant hurler de joie,
Derrière les fenêtres embuées,
Les enfants excités.

Quelques flocons blancs
Voltigent doucement,
Insouciants,
Sur le rythme lancinant
D'une musique silencieuse.
Quelques flocons éphémères
Dansent dans la lumière
Blanche de l'hiver.

Ce que j'aimerais

Être toi, mon chat.
Tu mène une vie de roi :
Tu rentres et tu sors
Comme il te plaît ;
Avec ton habit de satin noir,
Tu es d'une élégance…
À faire envier
Les stars de la danse.
Et quand tu dors,
On ne voit plus de toi
Qu'une boule de soie.
Avec tes yeux d'or,
Ton regard volontaire
Et ton vilain caractère…
Ce que j'aimerais
Être toi, mon chat.

Lorsque je serai vieille,
Je regarderai vivre les jeunes.
Et en voyant leurs rêves,
Je repenserai aux miens,
Semés ici et là,
Le long du chemin.
Ceux qui seront restés des rêves,
Et ceux que j'aurai oubliés
Au fil des années…

ÉTATS D'ÂME

Retourner au fond de l'enfance

Y retrouver toute l'innocence,
Avant que ça ne commence...
Oh ! Ne pas savoir
Le passé ni l'avenir !
Ne pas penser ni réfléchir.
Juste être : regarder,
Apprendre, avancer,
Sans crainte aucune.
Oh ! Retrouver la plénitude
Dans ce jardin oublié
Où tout est sérénité.
Et respirer, humer
À nouveau ses parfums,
L'air pur et cristallin...

Trop de non-dits,
De maux d'amour.
Et pour ne pas souffrir,
On se forge une carapace,
On se voile la face.
Et des petits riens
Qui font un tout,
Qui font qu'un jour
Tout devient trop lourd.
À force de ne rien dire,
On ne trouve plus les mots,
Pour briser nos armures.
Et on se jette à la figure,
Nos angoisses, nos fêlures,
Nos désillusions
Et nos déceptions.
Et puis quand même,
Puisque l'on s'aime…

Marcher,
Le jour et la nuit,
Marcher toute la vie
Avec devant ou derrière
Le soleil qui vous suit.
Ne jamais dormir,
Profiter de la nuit,
Profiter du jour ,
Comme de l'amour.
Et marcher toujours,
Parcourir le monde ,
En faire le tour,
Sans arrêter la ronde
De la nuit, du jour.
Tenter sa chance,
La dernière romance.
Il ne faut pas mourir
Sans connaître la vie.

Papa

Regarde !
Te voilà libre à nouveau,
Libre comme un oiseau.
Tu n'es plus malade.

Regarde !
Tout est léger pour toi.
Ton corps ne te retient
Plus prisonnier.

Regarde !
Tu es libre d'aller
Où tu veux maintenant.
Va où tu dois,
Notre chagrin n'y changera rien,
Chacun doit suivre son chemin.

Quelle est cette inconnue
Qui dans la glace se reflète ?
Où sont ses cheveux courts,
Ses baguettes de tambour ?
Et que font sur ce nez
Ces grandes lunettes ?
Où sont ses traits de garçon ?
Tout cela peu à peu s'estompe.

Où sont ses rêves perdus ?
Oui, perdus !
Car elle ne les retrouvera jamais plus.
Où sont ses rêves foutus ?
Oui, foutus !
Car c'est dur, pour se retrouver sur terre,
D'avoir à traverser toutes ces années-lumière,
Qui la séparent de la lune…
De la lune !

Comme le loup

Hurle à la lune,
Déchirant la nuit
Et son halo de brume
De son long cri,
Je suis
Comme un bateau
Sur la mer déchaînée,
Allant, poussé par le vent,
Perdu entre le ciel et l'eau,
Incertain de sa destinée…
Et pourtant,
Continuer la route,
Coûte que coûte.
Chanter quand il pleut
Aussi haut et bien
Que lorsque le ciel est bleu.

La pluie les noie,
Le vent les balaie.
Ô mes rêves,
Ne m'abandonnez pas,
Comme une vague sur la grève
Laisse ses voyageurs las !

Pouvoir vivre sans âge,
Sans corps ni visage.
Avoir cent ans, la connaissance,
La sagesse, la patience.
Casser les barrages,
Vivre hors du temps.
Être la mémoire ou l'oubli,
N'être qu'émotion…

Ah ! Liberté très chère,
Liberté de célibataire.
Mais moi, prisonnière
De mes folles angoisses
Qui m'entourent et m'enchâssent,
Je fais du sur-place.

Dans le lourd silence
De mes longues nuits
Où le sommeil me fuit,
Mon cœur pris dans son carcan
Rêve d'une liberté impossible.
J'étouffe et j'enrage
Devant mon impuissance.
Je voudrais être forte et sage,
Mais je ne suis qu'inconstance.
Mes pensées se chamaillent,
Mais aucune ne gagne.
Et je reste seule, désemparée,
Face à mes questions muettes.

Mes mots se heurtent au mur
De tes silences.
Mes questions me reviennent
Comme un écho
Par tes non-réponses.
Je n'ose plus rien dire.
À quoi bon parler ?
Je suis seule dans ma prison.
Personne pour m'entendre.
Je ne sais si j'ai tort ou raison,
J'ai peur de la perdre.
J'essaye de ne pas pleurer,
De rire de chanter,
De faire comme si de rien n'était.
Je voudrais que tu me prennes dans tes bras,
Je voudrais réentendre tes « je t'aime »,
Je ne veux pas te brusquer
Par peur de te perdre.
Mais j'ai mal, si mal, si mal, si tu savais…
La nuit est mon ennemie.
Je ne voudrais ni penser ni réfléchir,
Mais le sommeil me fuit
Et tout se bouscule dans mon esprit.

La vie est ce qu'elle est,
Pas toujours bonne, j'en conviens.
Faut pas que des regrets, des rancœurs,
Te gâchent le quotidien.
Nul ne sait ce que demain
T'apportera de mal ou de bonheur,
Alors il faut profiter
De chaque jour,
Vivre dans la joie,
L'amitié, l'amour…
Tant pis pour ceux
Qui ne te voient pas,
Qui te laissent au bord du chemin.
D'autres sont là
Qui te tendent la main.
Il faut l'attraper,
Ne pas la lâcher,
Laisser le mauvais de côté
Pour construire le meilleur….

C'est pas que je t'aime plus,
C'est pas que je t'aime
Encore non plus.
C'est juste que
J'en peux plus.
Je t'ai tellement dit
Que je t'aimais
Et que t'as tout pris
Avec mépris
Comme si c'était normal
Qu'en retour
Tu me fasses du mal.
Si c'est ça l'amour,
Moi j'en veux plus.

Je t'ai tellement dit
Que je t'aimais
Que l'amour est mort,
Peut-être à jamais,
J'en sais rien,
J'ai peut-être tort,
Mais ce que je sais
Aujourd'hui
C'est que de l'amour
Qui fait mal en retour,
Je n'en veux plus,
Plus jamais…

C'est moche la vie

Quand elle s'enfuit.
Voir les jours défiler,
Mornes et gris,
La souffrance chevillée
Au corps qui s'affaiblit,
Et l'espoir qui naît
Et meurt sans cesse
Au fil du temps
Qui passe lentement.
Passer encore une nuit,
Espérer qu'au petit matin
La douleur s'amenuise enfin
Et que reprenne la vie,
Avec son cours d'avant.
Tenir encore un peu.
Parce que, peut-être que…
Un miracle peut avoir lieu,
Et quitter ce décor immuable
Des murs blancs et fades…
Voir le soleil briller,
Sur sa peau sentir le vent,
Respirer l'air pur et vivifiant,
Se réveiller et réaliser
Que ceci n'est en fait
Qu'un cauchemar de plus
Et que la vie continue…

C'est vrai, je le reconnais,
Je ne sais plus te parler,
Toucher ton cœur…

Est-ce moi qui ai perdu la clef ?
Est-ce toi qui l'as jetée ?
Je ne sais plus, je suis perdue…

Tu es là près de moi,
Et si loin à la fois.

Je cherche le code de tes silences,
Les maux que tu caches au fond de toi.
Ton sommeil est agité,
Mes nuits sont blanches.

Je cherche à te comprendre
Et je ne comprends plus.
Je crie à l'aide, et tu n'entends pas…

Je suis là, près de toi,
Et si loin à la fois.

Je m'égare

Dans le dédale
De ma mémoire
Où tout s'emmêle,
Le vrai du faux,
Le laid, le beau…
Je ne sais plus,
Je n'en veux plus.
J'ai oublié, comme on laisse
Sur un quai de gare
Un bagage dont on sait
Que rien ne manquera
Pour le voyage que l'on fait.
Quelque part, j'ai déposé
Des choses du passé.
J'ai juste abandonné
Ce qu'il faut, pour ne pas,
Ne plus m'encombrer.

Ils sont tous là

Pour la dernière fois,
Et je ne veux pas
De tous ces gens-là !
Les faux tristes,
Les hypocrites,
Non, je n'en veux pas.
Qu'ils s'en aillent
Loin de moi,
Même ce jour-là.
Non, ne soyez pas tristes !
Ce jour arrivera,
Et quand il sera là,
Ne soyez pas hypocrites,
Ne venez pas…

Eh bien voilà !

C'est le moment de vérité.
De toute façon, je le savais
Qu'un jour, cela arriverait.
Aujourd'hui ça y est,
Je suis prête à affronter
Les démons du passé.
Je le sais, il me faut
Briser les barreaux,
Arriver à rendre les armes.
Le cœur au bord des larmes,
Les larmes à ras du cœur.
Je ne sais pas ce qui va sortir.
Je sais juste que je vais souffrir.
Mais je ne veux plus jamais,
Non plus jamais, faire semblant.
Semblant d'aller bien
Alors qu'en dedans
Tout fout le camp
Et que je ne sais plus rien,
Ni des autres, ni de moi.
Alors, allons-y !
Un mal pour un bien,
Du bien pour la vie !

Sur le fil du rasoir,
Toujours aléatoire,
Telle une funambule
Je déambule,
Penche, bascule,
Avance, recule,
Sans jamais
Vraiment savoir
Où je vais,
Ni de quel côté
Je vais tomber…

Destination inconnue,
Éviter le mur d'en face
Au bout de la rue…
J'ai quitté un port d'attache
Quand mes mômes sont partis.
Depuis je vis à l'arrache,
Comme un bateau à la dérive.
Mais je continue d'avancer,
Comme si de rien n'était.
J'ai donné le change
Comme je pouvais,
Sauvé les apparences,
Enfin, c'est ce que je croyais.
Mais on ne se ment pas
Indéfiniment comme ça…

Je navigue à vue.
J'ai perdu la boussole
Et je n'en veux plus.
Je ne veux plus savoir
Où je vais.
Je ne veux plus avoir
Qu'un bagage léger
Et partir,
M'en aller,
Cacher mes peines,
Peu importe où,
De toute façon
Je m'en fous
De tout…
Ne m'aimez plus,
Ce n'est pas la peine,
Je n'en vaux pas le coup,
Parce qu'un jour
C'est moi qui vous en ferai.
Et ça,
Je ne veux pas.
J'ai bien assez
Des miennes
À trimbaler,
Et c'est assez lourd
Comme ça…

Je croyais que l'amour

C'était pour toujours,
Pas juste pour
Un p'tit tour
Et puis s'en va.
On ne sais pas
Pourquoi un matin, un soir,
Un mot après l'autre,
Aimer ne veut plus rien dire,
Puisque ça fait tant souffrir.
Le cœur à l'envers
Ne sait plus que croire,
Lui qui croyait détenir
Un trésor, un empire,
Que rien ne pouvait détruire.

Et je dois emprunter
De nouveau ces chemins
Où j'ai tant pleuré,
Tentant tant bien que mal
De semer mon chagrin,
Essayant en vain,
Et plutôt mal que bien,
De comprendre pourquoi
Tu m'en voulais tant.
Tu ne sauras jamais
Toutes les larmes
Que j'ai versées
Parce que tu ne voulais
Pas voir le mal
Que tu me faisais.

Errance

À outrance…
Où est ce pays ?
Où sont mes envies ?
Je ne sais pas
Où m'emmènent mes pas.
Errance et liberté,
Tel est mon choix.
Je ne veux plus me perdre,
Et porter ce fardeau,
À ne déplaire à personne
Et me déplaire à moi-même.
Le cœur lourd et léger
Tout à la fois,
Je largue le passé,
J'abandonne mes maux,
Pour ne garder
Que ce qui est beau…
Je m'en vais mais
Ne vous abandonne pas.
Je pars me retrouver,
Si cela est possible encore.
Je pars décrocher mes rêves
Et en faire mon décor…

On traîne tous des casseroles,
On pourrait en faire des banderoles.
Depuis toujours,
Je manque d'amour
Et j'en ai tant à donner
Que parfois ça déborde…

Oh ! Je voudrais
Juste, juste, juste,
Juste aimer.
Oh ! Je voudrais
Juste, juste, juste,
Être aimée…

Je voudrais bien vider
Mes casseroles
Et laisser s'envoler
Mes banderoles,
Les suivre du regard
Jusqu'à ne plus les voir
Et me sentir aussi légère
Qu'une brise de printemps,
Une plume dans le vent…

La tempête calmée,
Le paysage dévasté,
Tout reconstruire
Encore une fois.
Comment, pourquoi ?
Faire comme si
Rien ne s'était passé.
Avancer, sourire,
Relever le défi.
Pour combien de temps ?
Encore combien de fois ?

Un coup, c'est du blues

Que tu balances,
Une autre fois, c'est de la joie…
J'ai beau faire, je ne comprends pas.
Un coup c'est du rock qu'on danse,
Une autre fois, c'est un slow...
Sans cesse, tu changes le tempo !
Je mets mes pas dans les tiens,
Je tente, tant mal que bien,
De suivre ton rythme, ta cadence.
Je n'ai pas encore compris ta danse…
La vie !

Le temps s'étire

Quand, perdue
Dans mes délires,
Il n'y a plus
Rien qui vaille…
Que de batailles
Inutiles et vaines !
Et que de peines…
Non pas une larme,
Mais un torrent...
Faire taire ce vacarme
Dans ma tête, incessant.
M'effacer…
De vos mémoires,
Fuir ce cauchemar
Qui sans cesse revient.
Partir sur les chemins
Sans regarder
Où vont mes pas.
Juste aller
Loin, loin… là-bas !

La vie nous entraîne

Dans son courant.
Il faut travailler, élever les enfants
Et, entre les coups de gueule qu'on donne
Et ceux que l'on prend,
Il faut continuer, aller de l'avant.
Et l'enfant, l'ado que l'on était,
A disparu lentement.

Alors que les enfants partent,
Chacun leur tour,
Vivre leur vie, leurs amours,
On se dit :
Enfin je vais m'occuper un peu de moi.
Mais non : au secours !
Je me suis oubliée sur le chemin,
Je ne sais plus que faire de mes lendemains.

On se tourne et on s'aperçoit
Que tout ne s'arrête pas là !
Quelqu'un nous réveille
Et nous montre un autre chemin.
Quelqu'un se révèle
Être l'ami(e) du destin.

La douleur

Elle est là, tapie quelque part.
Elle attend juste le moment
Pour surgir de nulle part,
N'importe où, n'importe quand.
Elle nous surprend
Un matin, un soir…
Elle fait de nous ce qu'elle veut,
Elle s'en va et revient sans pitié,
Nous met à genoux, hors-jeu,
Tout d'un coup incapables de penser,
Elle seule nous préoccupant tout entier,
Implorants de savoir quand
Enfin, elle va nous quitter…

Vingt mètres carrés à peine
Pour y vivre quand même,
Avec pour horizon
Des murs, du béton.
Et avec un peu de chance,
Devant la fenêtre,
Peut-être quelques branches
D'un arbre égaré
Au milieu des pavés.
Et quand le temps est gris,
Comme le mur d'en face,
Comment taire ses angoisses ?

Vingt mètres carrés,
Un lit, une table, la télé,
À peine de quoi se tourner…

Tu es dans ta tour,
Tu rêves ta vie,
Mais tu ne la vis pas.
Tu fuis, tu ne sais quoi.
Et les remparts que tu bâtis
Tout autour de toi
T'empêchent de voir
Au-delà des murs
Qui cachent tes blessures,
Ton semblant de bonheur
Empli de tant de peurs.

Du haut de la tour
Que tu t'es construite, tu crois
Tout comprendre, tout savoir.
Tu voudrais m'enfermer
Avec pour seul horizon
Que l'on pense à l'unisson
Et juste à ta façon.
N'imagine pas que tu puisses,
Animal sauvage que je suis,
M'empêcher de rêver,
De vivre, d'aimer, de penser.
Pas la peine d'essayer
De me couper les ailes.
Elles repousseront de plus belle…

Tu vois,
Je me méfie de moi,
Surtout de mes émois.
Parce que je ne sais pas
Dans le fond
Qui je suis.
Tous ces sentiments
Et ces émotions
Qui se bousculent…
Illusion
Ou vérité,
Qui le sait ?
Marée haute,
Marée basse …
Je sais,
Je me cache
Derrière les mots.
On se cache tous.
Parce qu'être nu,
C'est être vulnérable.
Ou alors il faut
Être bien fort
Et sûr de soi.
Et moi, je ne le suis
Qu'au cœur de la nuit,
Quand je sais
Que seule la lune
Est témoin…

OÙ ME GUIDE MON CŒUR

Je voudrais être le vent,
Accompagnant tes voyages.
Je voudrais être la pluie,
Caressant ton visage.
Je voudrais être l'oiseau,
Chantant dans ton jardin.

Je voudrais être ton enfant,
Pour être avec toi plus souvent,
Et que chaque soir
Tu viennes me dire bonsoir,
Avant que m'emportent mes rêves…

Nous ne sommes
Que des hommes
Et des femmes,
Avec un corps,
Avec une âme.
Nous ne sommes rien :
Une goutte d'eau dans l'océan,
Une seconde dans le temps,
Quelques atomes sur la terre,
Moins qu'une puce dans l'univers,
Les jouets de nos destins.
Si nous étions intelligents,
Si nous étions malins,
Au lieu de nous poser des questions,
La vie, nous la laisserions
Aller comme elle va et vient.

Apprendre le bonheur,
Ça n'existe pas.
On le trouve ou pas,
C'est le problème de chacun.
Là où est le malheur,
C'est lorsqu'on l'a
Et qu'on ne le voit pas.
Ouvrez-vous tous le cœur,
Et regardez y bien :
Le secret… Il est là.

Je sais,

Même sans te connaître encore,
Je sais que je t'aime déjà très fort.
Et j'espère qu'un jour
Le soleil brillera
Sur notre amour.
C'est dans tes bras
Que je ne veux plus avoir froid.
C'est dans ton cœur
Que je veux trouver le bonheur.

Le ciel est bleu,
La mer est belle.
Et sur la digue,
Un couple d'amoureux.
Ils semblent très vieux,
Les rides sont profondes sur leurs visages.
Ils se tiennent par la main,
Et regardent vers le large.
Et malgré tout, leur amour
Ne semble pas lassé du voyage.

Comme deux rivières

Réunissent leur cours,
S'acheminent vers la mer ;
Ainsi devraient aller
Les hommes et les femmes,
Main dans la main,
Réunissant leurs larmes
Pour encore et encore gonfler
Le fleuve de l'amour.
Pour qu'il n'y ait plus de guerres,
Plus de misère sur Terre :
Rien que la joie.
Pour que les enfants
N'aient plus cet air
Si grave et triste ;
Pour que le mal ne subsiste.

Des fleurs !

Si je ne me retenais,
Je t'offrirais
Toutes celles du jardin,
Si c'était le mien.
Mais puisqu'il ne m'appartient,
Je t'offre mon cœur,
Avec ce qu'il contient
De tendresse et d'amour.
Depuis que je suis née,
Ce jardin-là n'a pas cessé
De grandir de jour en jour
Et je puis,
Aujourd'hui,
La porte, te l'ouvrir.
Laisse-moi écrire
Pour toi ce poème…
Tu sais… je t'aime.

Je suis comme les arbres et les fleurs :
J'ai besoin de soleil pour mon bonheur.
Comme eux, j'aime la pluie et le vent,
Toutes les saisons, surtout le printemps.

Qui a dit que c'est triste un ciel gris ?
Et le cri du hibou sur le coup de minuit ?

Écoute bien, petit enfant,
Le chant de la pluie et du vent,
Le silence de la nuit…

Écoute bien et apprends
À prendre le temps
De rire… et d'aimer la vie.

Moi, mon soleil,
Il n'est pas dans le ciel.
Il est dans tes yeux,
Dans ton regard et ton sourire !

Moi, mon dieu,
Il n'est pas dans les cieux.
Il est sur terre,
C'est un peu toi, un peu ta lumière…

Ton amitié, c'est ma chance ;
Tes peines, mes souffrances ;
Ton regard, mon évasion ;
Tes paroles, mes chansons ;
Ta voix, mon inspiration.

Tu es mon soleil,
Et mon plus beau ciel ;
Bleu de l'été au printemps,
Beau, même au creux de mes nuits,
Au milieu du froid et du vent,
Qui, souvent, charrie ma vie.

Je te regarde dormir

Et, dans ton sommeil, sourire.
Oh ! Je ne saurais te dire
Quelle est ma joie,
Quand tu me tends les bras,
Ou que tu te blottis contre moi.
Oh ! Je ne saurais décrire
Comment mon cœur chavire
À tes éclats de rires,
À ton regard malicieux, déjà.
Oh ! Quel bonheur de vivre,
Depuis que tu es là,
Mon petit prince à moi,
Mon Bébé câlin.

Dans ces yeux-là

Je veux tout voir :
Le bleu du ciel
Et l'éclat du soleil.
Dans son regard,
Je veux pouvoir me réchauffer
Et même me brûler
Ou m'y baigner.
Je veux pouvoir
Trouver la tendresse,
Qu'il me mette à nue
Et soigne mes faiblesses.

J'irai chanter dans vos chaumières,
J'apporterai la lumière
Et de la chaleur
Au fond de vos cœurs…

Je consolerai vos peines
Et sècherai vos larmes,
Chasserai vos craintes.
Vous n'aurez plus peur…

Je serai les étoiles
Qui dansent dans la nuit,
Apaisant vos doutes
Et vous montrant la route…

Vous pouvez m'oublier,
Vous pouvez me chasser,
Toujours, je reviendrai.
L'Amour est toujours vainqueur…

Après un long voyage

Dans ta drôle de navette,
Voilà que tu viens enfin de naître.
Les yeux grands ouverts
Sur ton nouvel univers,
Ton regard étonné
Cherche à nous reconnaître.
Tout ému, ton papa
N'en revient encore pas…
Bienvenue, petit bout de chou,
Bienvenue chez nous.

Un morceau de jour

Dans une nuit noire,
Un moment de trêve,
Une lueur d'espoir,
Une minute de rêve,
Un peu d'amour…
Un geste d'amitié,
Et même…
Les remerciements muets,
Et même…
Les mots que l'on tait…

Pensez-y !
Quand, parfois,
Vous vous trouvez si petits,
Alors que vous êtes si grands
D'avoir su préserver
Une part de votre cœur d'enfant,
D'avoir su donner,
Ne serait-ce qu'un instant,
Un peu d'attention,
Un peu de compréhension.

Si je savais écrire,
Si je connaissais les mots
Pour vous le dire…

Je vous raconterais
La douceur d'un visage,
La bonté d'un sourire,
La lumière d'un regard…
La seconde magique,
Quand l'éclair zèbre le ciel,
Et le moment pathétique
Où se noie le soleil
Derrière les collines immobiles
Qui, dans ma tête, prennent vie…

Je vous raconterais…
Ces instants de bonheur,
Quand ces perles aux coins des yeux
Ne sont ni rires, ni pleurs…
Ces étranges émotions
Qui vous laissent muets.
Ces minutes en suspens,
Pour un moment de sincérité,
Quand le cœur soudain a parlé,
Oubliant ses peurs et les conventions…

Je vous raconterais…
Lorsque, perdue dans mes nuages,
Vous me croyez hors de la réalité,
N'écoutant plus ce que vous dites,
Alors que j'entends ce que vous taisez…
Et puis aussi
Ce que murmure le vent
Dans mes nuits silencieuses ;
Et ce que me disent les sages,
Repoussant mes angoisses, mes mirages,
Me rappelant encore
Qu'en ce monde rien n'est vain.

Je plains tous ces aveugles
Qui ne croient en rien.
J'étais dans le noir complet
Mais croyais aux lendemains.
Et le jour s'est levé
Quand on m'a tendu la main.

Aujourd'hui, je veux tendre la mienne
Afin de les aider,
Tous ces aveugles d'aujourd'hui
Qui verront le soleil briller,
Peut-être demain.

Petite fille,
Dans tes yeux clairs
Il y a de la lumière.
Et je sais que tu as,
Tout au fond de toi,
Des rêves secrets.
Ne les oublie jamais.

Petite fille
Aux cheveux dorés,
Le chemin est tortueux.
Mais si tu sais écouter
La voix de ton cœur,
Rien ne peut t'arriver,
Sinon beaucoup de bonheur…

Des bras qui enlacent,
Des lèvres qui embrassent,
Des moments de grâce.
Et chaque jour qui passe,
Un mot d'amour ou d'amitié
Tout en délicatesse,
Avec tant de tendresse,
Apaise et laisse sa trace,
En mon cœur abîmé.

Car même le cœur

Tant de fois brisé
Ne sait rien faire
D'autre qu'aimer,
Qu'aimer encore…
Et tant pis
Si encore une fois,
Il se retrouve mépris,
Trompé, trahi.
Il aime et il aimera,
C'est sa déraison,
Sa seule façon
De vivre encore.
À quoi bon sinon
Se lever chaque jour ?
Si ce n'est pour l'amour,
L'amour de la vie.

Mon Amour,

On n'est pas riche d'argent,
Mais millionnaire en sentiments.
Alors ne t'enferme plus dans ta tour
Sans me donner la clé,
Que je puisse t'y retrouver !
Et continuer de partager cet amour,
Qui ne nous a jamais quittés.
Ouvre-moi tes bras, ton cœur,
Que l'on sorte ensemble vainqueurs
Des épreuves que la vie a décidé
De nous infliger.

Et voilà, le week-end est fini !

Chacun regagne son logis,
Reprend le cours de sa vie.
On a bien profité, bien ri.
On était bien nombreux,
On se retrouve tous les deux…
La maison est bien calme soudain.
Mais seulement jusqu'au jour prochain
Où un, puis deux ou trois
Seront à nouveau là.
Et puis dans deux semaines ou trois,
Tous les sept à nouveau réunis,
On recommencera, jusqu'au lundi.
On refera le monde, encore une fois,
Même si on sait que ça ne le change pas…
On parlera de tout, de rien ;
On rira de tout ou d'un rien…
Et ce sera parti pour un tour
D'échanges d'idées et d'amour !

Dormir maintenant

Ou bien partir,
Peut-être même mourir
Et tout doucement,
Avec une caresse du vent,
Revenir à la vie
Avec, en ouvrant les yeux,
Ton sourire merveilleux
Et ton regard de tendresse
Que je boirai jusqu'à l'ivresse…

Le feu crépite dans la cheminée,
Mon esprit voyage, comme toujours.
Mais aujourd'hui du désespoir à l'amour.
Je me dis que s'il ne faisait qu'un seul pas,
Je crois que…, enfin je ne sais pas.

Je suis seule dans ma nuit
Et j'ai froid.
Je voudrais être près de lui
Dans ses bras.
Fermer les yeux, ne pas bouger,
Rester comme ça…

Mais peut-être n'est-ce qu'une illusion,
Un triste rêve, une trahison…

Je ne suis ni grande, ni blonde.
Je n'ai pas les jambes fines et longues
Ni les plus beaux yeux du monde…
Je ne suis pas une star
Ni du petit, ni du grand écran.
Je n'ai pas tant d'argent
Que je ne sais qu'en faire.
Mais j'ai bien plus que ça…

Je n'ai pas fait trois fois
Le tour de la terre…
Je n'ai pas une île privée,
Pour cacher mes misères,
Ni des maisons en veux-tu en voilà
Que je n'ai pas le temps d'habiter,
Faute de temps,
Justement !
Mais j'ai bien plus que cela…

Et tout ce que j'ai,
Ça n'a pas de prix.
Les millions ! À côté,
Ça me fait bien rigoler.
Ça ne fait pas des amis
À la mort, à la vie,
Ni une famille unie.
J'ai quelquefois
Le porte-monnaie bien plat
Mais, dans le fond,
J'ai bien plus que cela !

Il est là, au fond du cœur,
Patient et calme.
Il laisse passer les peurs,
Les doutes, les orages,
Les petits et grands drames.
Il laisse sécher les pleurs,
S'apaiser les tempêtes…
On a beau alors,
Dans ces moments
De grandes douleurs,
Nier son existence,
Sa réalité…

Il est là, au fond du cœur,
Calme et patient,
Toujours.
Il attend simplement
Que l'on cesse d'être
Aveuglé
Et sourd
Par la souffrance,
Et le désespoir
Qui nous submerge
Parfois…

Il est là, au fond du cœur.
Comme un phare
Éclaire la nuit noire
Et perce le brouillard,
Comme une bouée
De secours
Accrochée au rivage…
Et sans cesse,
Il nous lance des signes
Que nous ne voulons voir.

Il est là, au fond du cœur,
Patient et calme,
Toujours.
Car il sait
Mieux que personne
Qui nous sommes,
Et qu'un jour,
Nous entendrons,
Nous comprendrons…

Et il reviendra

Le temps pour moi
D'écrire encore,
Quand le soir, le calme
Dans la maison s'installera.
Il me faudra bien
Meubler le silence
De vos absences.
Il ne faudra pas
Que vous me manquiez.
Il vous faudra me laisser
À ma solitude pleine
De vos souvenirs,
De vos cris d'enfants
Et de vos rires,
À ma solitude pleine
De tant de choses
À vous écrire…
Ce que je ne sais pas
Toujours dire…

Je ne suis ni d'ici, ni d'ailleurs.
Je vais là où m'emmènent mes pas,
Où me guide mon cœur.
Je ne suis attachée à rien,
Seuls comptent les liens
Qui se tissent, au gré du destin.

Que vous soyez près ou loin de moi,
Je ne vous oublie pas,
Vous êtes de vrais trésors,
Des cadeaux que la vie me fait : les amis.
Jamais je ne vous dirai assez : Merci !

Libère les mots

Qui coulent en toi.
Laisse-les t'emporter
Où ils veulent te conduire.
Laisse l'Amour pur
Briser tes armures
Et soigner tes maux.
Fais confiance
À la petite voix
Qui parle tout bas
Et que trop souvent
On n'écoute pas.
Laisse parler ton cœur,
C'est la voie du bonheur…

Le matelas sur lequel je dors
N'est pas rembourré d'or.
J'ai pas beaucoup de sous,
Mais je m'en fous !
J'ai peu d'amis, et alors !
Chacun d'entre eux
Vaut bien un trésor.
Parfois, j'ai tant d'amour,
De tendresse à donner,
Je ne sais même pas où trouver
La place de tout loger.
Je ne sais pas toujours
Les mots pour expliquer.
Des fois, je suis prête à exploser.
J'aimerais juste savoir
Comment moins aimer.

Le regard doux

Ou les yeux revolver,
Mi-ange, mi-démon,
Mais diabolique, jamais !
Car quand tu donnes
Ton cœur de lionne,
C’est tout entier
Que tu l’offres.
La demi-mesure,
Ce n’est pas ta nature.

Aujourd’hui, tu es
Une jolie jeune fille,
Prête à s’envoler du nid
Que j’ai voulu douillet
Pour que tu y grandisses
Dans l’amour et la paix.

Et mon cœur de lionne
Avec toi bat à l’unisson,
Quand tu fais ta friponne,
Et tes yeux pleins de malice.
J’aime nos moments complices,
Instants délires
Et fous rires…

Vous m'avez fait pleurer de joie

Dès le premier jour,
Petits êtres fragiles et si forts à la fois.
Je n'imaginais pas que l'on pouvait
Donner et recevoir autant d'amour.

Vous m'avez transformée.
Grâce à vous, j'ai cherché à comprendre,
Appris l'indulgence, à pardonner,
À donner sans compter,
Et surtout l'humilité.
J'ai souhaité vous apprendre,
Le peu que je savais, quelques valeurs…
La seule richesse est celle du cœur.

Aujourd'hui, vous prenez votre envol,
Je vous aime toujours plus fort,
Je veux vous dire combien je suis fière,
Des adultes que vous devenez.

Ce ne sont que quelques mots,
Une idée, une pensée,
Jetés sur le papier.
Quelques coups de pinceaux,
Prémisse d'un tableau,
Deux, trois notes de piano,
Un air de chanson,
Des moments d'émotions.

C'est vous qui me nourrissez
De votre amour,
De votre amitié,
Et tout ce qui m'entoure.
Ce ne sont que quelques mots,
Pour ne rien oublier
De ce qui est beau
Et qui me fait vibrer.

Eh bien voilà, mon garçon,
Tu as pris ta décision.
Vis ta vie, mais vis-la à fond.
Ne laisse pas passer les occasions,
Celles de réaliser tes ambitions.
Chaque jour, au fur et à mesure,
Fais un pas vers ton futur.
Ne recule devant aucun mur.
S'il est trop haut ou trop dur,
Trouve la brèche, la fissure.
Ne te laisse pas décourager
Par les difficultés,
Car rien n'est jamais
Vraiment perdu ou gagné.
Ton avenir t'appartient.
C'est toi seul qui le tiens
Entre tes mains…

ENVIES D'AILLEURS

Il me prend parfois
Des envies d'ailleurs.
Voir si le monde
Y est meilleur,
Prendre une route
Sans savoir où elle mène,
Sans questions, ni doutes.
Suivre un chemin
Et ne rien attendre,
Se laisser surprendre
Par le destin.

D'aussi loin qu'ils soient venus,
Après un long voyage à fond de cales,
Transportés et traités comme du bétail,
Enlevés d'un continent, déposés sur un autre,
Comme une marchandise, pour y être
vendus.
Je n'ose imaginer ce qu'ils ont vécu,
D'incompréhensions et d'injustices,
Le courage qu'il leur a fallu
De baisser la tête pour survivre.
Et puis, au fil du temps, leur dignité
Peu à peu rendue, ils sont redevenus
Des hommes et des femmes libres.

Et cependant, d'aussi loin qu'ils viennent,
Coule encore dans mes veines,
À moi, la blanche Européenne,
Le même sang qu'eux, les mêmes gènes.
Le vôtre : Julie et Ursule entre autres,
Décrites négresses sur les registres.
Mes ancêtres, dont on ne saura jamais
La véritable identité,
Ni quand, ni où elles sont nées…
Mais je comprends mieux pourquoi
La colère et la révolte grondent en moi
Quand on bafoue la liberté.

Chacun pour soi

Et tout pour moi.
Pour les autres, le mépris.

Mon bonheur, ma vie,
Mes biens, mes envies.
Les autres ? Tant pis !

Mes impôts, mon fric,
Ma voiture, la politique.
Les autres ? Mais chacun sa vie.

Mon opinion, mes soucis,
Mes émotions aussi.
Les autres ? Quels autres ?

Dans le silence de vos nuits,
N'entendez-vous pas ce cri
Du fond du cœur, qui vous dit
Que vous n'avez rien compris
Au sens de la vie,
De sa valeur, de sa magie ?

Amour d'Internet,
Amour virtuel.
Tu es une fille, un gars, peu importe,
Caché derrière un écran,
Tu joues avec les sentiments
De quelqu'un, impunément…
Tu te fais du fric, tu frimes devant tes potes,
Tu te prends pour quelqu'un d'important.
Mais caché derrière ton ordinateur,
En fait, tu n'es que manipulateur,
Tu fais du mal à des gens
Qui croient en l'amour, simplement.
Amour d'Internet,
Amour criminel !

Je suis née au début des ces années,
Sûrement leur musique m'a bercée.
Ils voulaient croire au bonheur,
Faire la révolution en douceur.
Pattes d'eph et chemises à fleurs,
Tous, les cheveux longs,
Filles ou garçons.
La guitare en bandoulière,
Faites l'amour, pas la guerre !
Qu'ils disaient, les yéyés.
L'air semblait plus léger
Quand ils chantaient
Et donnaient envie de danser.

Et moi, de ces années, j'ai oublié
Les hivers humides et gris
Et les jours d'école où je m'ennuie.
Seules me restent leurs chansons
Romantiques ou gaies,
Sans aucune prétention.
Je ne me souviens que des étés
Et de la radio sur le buffet,
Où Johnny « retient la nuit »,
Sheila chante « l'école est fini »
Et Henri « Le travail c'est la santé »,
Autant de ritournelles
Devenues intemporelles.

Dans une église austère,
Contre les murs lisses,
Les statues tristes
Observent le temps
Et les gens qui passent…
Les messes et les sermons
N'attirent plus grand monde,
Les mariages et les baptêmes
Un peu plus quand même.
Quand aux enterrements,
On s'en passerait de même…

Dans une église austère,
Pour un soir, un concert.
Changement d'atmosphère,
Les statues étonnées
Entendent pour la première fois
Une musique, un rythme
Qu'elles ne connaissent pas.

Gueule noire,
Tu en as bouffé
De la poussière
De charbon.
Et maintenant
Tu la recraches
À pleins poumons.
Aujourd'hui, les mines sont fermées,
Car trop coûteuses à exploiter.
On t'a mis au rebut
Comme un outil foutu.
Et il y en a qui voudraient
Que tu rendes le pognon
Que tu as durement gagné.
On va rogner ta retraite
Et te faire payer les soins.
Mineur de charbon,
Tu coûtes trop cher
À la nation.
On va te le faire cracher,
Le charbon
Que tu as bouffé
Toutes ces années.

Des gens qui se croisent sans un regard,
Des regards qui se croisent sans se voir.
Les écouteurs sur les oreilles, sur les trottoirs,
Le pas furtif, pour ne pas déranger.
Le regard perdu ou la tête baissée,
Dans le TER, métro ou tram,
Peur de provoquer un drame.
Dans ces mégapoles où les touristes viennent
par milliers,
Débouler dans les magasins, s'émerveiller des
monuments,
De la culture, de cette vie qui grouille en
permanence,
Où personne ne se parle et où n'existe pas
le silence,
Il ne faut avoir peur de rien et se méfier
de tout…

Tiens un attroupement, encore les pompiers.
Que s'est-il passé, vaut-il mieux
se détourner ?
Mais c'est chez toi, au troisième étage !
C'est le petit vieux qu'on ne voyait jamais,
On ne connaissait même pas son visage.
Il est mort seul…

Alors moi, je préfère ma campagne,
mon village,
Où je connais mes voisins,
Où les petits vieux ont un nom, un visage,
Où l'on se dit bonjour, au moins,
Et où le silence existe enfin !

Vos parents sont venus
Chercher la paix, travailler.
Vous êtes nées
Dans un pays de liberté.
Vous êtes françaises.
Vos mères ont apprécié
Cette liberté conquise
Au fil des générations,
Malgré les humiliations.
Le droit de voter,
De disposer de soi librement.
Le droit de vivre tout simplement,
Sans dépendre d'un mari.
Enfin les femmes sont reconnues
Des êtres à part entière.

Et aujourd'hui, vous vous voilez.
Au nom d'une confession
Que vous brandissez
Comme un droit d'opinion.
Vous venez, la tête haute et fière,
Revendiquer le droit d'être soumise
Aux hommes et à votre religion.
Vous mettez le voile : c'est votre liberté.
Mais ne venez pas nous dire
Que vous détenez la vérité.

Ils viennent nous parler
Sur le ton des curés
Qui font leur sermon.
Ils ont de grandes idées,
Toujours les mêmes, remaniées.
Et rien ne change vraiment !
Ils promettent monts et merveilles.
Et la surprise, c'est
Qu'il n'y en a jamais.
Le navire continue de couler
Et c'est de notre faute,
Notre très grande faute !
Quoi qu'il se passe,
Ce n'est jamais la leur.
La pudeur, l'honneur,
Ils ne connaissent pas.
Mais au poker menteur,
Ils sont les meilleurs.

Le pigeon-mouton,
Il se lève tous les matins
Pour aller gagner son pain
Et remplir les poches du patron.
Le pigeon-mouton,
Il en a marre soudain
D'être pris pour un con.
Il aimerait qu'enfin
On le regarde autrement,
Comme un humain.
De temps en temps,
Cela lui ferait du bien !
Le pigeon-mouton,
À force d'être plumé,
Tondu comme jamais,
Va-t-il se réveiller,
Relever la tête, enfin ?

Poésie, poésie,
Serais-tu mon destin ?
Es-tu de l'avis
Que je suive ton chemin ?

Lorsque j'étais enfant,
Je rêvais d'être poète ou écrivain.
J'en ai rêvé des romans,
Mais de les écrire, ça ne me dit plus rien.

Poésie, poésie,
Serais-tu mon destin ?
Es-tu de l'avis
Que je suive ton chemin ?

L'inspiration,
Ça va, ça vient,
C'est comme les saisons,
Mais ça ne fait rien.

Poésie, poésie,
Si tu es mon destin,
Poésie, poésie,
Je vivrai une plume à la main.

Vers le soleil levant,
Mon regard
Se lève souvent.
J'espère !
L'espoir
Est une grande mer
Où j'aime voyager
Et où je me noie quelquefois.

Mais je vogue aussi,
Certains jours gris,
Sur la mer noire,
Où il m'est arrivé
De me laisser sombrer,
Les heures de désespoir.

Je me laisse porter par le temps,
Comme un bateau par le courant,
Supportant tempêtes et vents,
Me penchant dangereusement souvent,
Mais jamais ne sombrant vraiment.

Tout est vraiment trop court,
La nuit, le jour…
Jamais le temps d'assez dormir,
De penser, d'écrire,
De chanter, de rire…
De rêver à son sourire !
Lorsque j'y pense parfois,
Je crois qu'il en a un spécial pour moi,
Caché derrière un doute, un voile…
Et je vois s'illuminer un ciel d'étoiles.

J'ai de la musique

Et des chansons plein le cœur,
Tristes, mélancoliques
Ou pleines de bonheur.
J'ai la poésie
Dans l'âme
Et j'écris
Comme on verse des larmes.
Mon jardin secret,
Rien qu'à toi est ouvert.
Entres-y, viens voir,
Il y a du bleu et du vert :
L'avenir est l'espoir,
Le passé devient dérisoire.
Entends-tu mon orchestre ?
Chaque battement du cœur
Est un coup dans la grosse caisse.

Je m'assiérai au bord de l'eau,
Sur le sable,
Plierai mes genoux
pour m'en faire une table.
Et là, j'écrirai…
Sur du papier de couleur.
J'écrirai…
Jusqu'à en tomber de sommeil,
Jusqu'à la fin de l'été…

Par la plume, je viderai mon cœur,
Viderai mon âme,
Me laisserai consumer
Par cette flamme
Qui hante ma vie.
Depuis toujours
J'ai envie de lancer des messages :
Des fous, parfois des sages,
D'espoir et d'amour…
Des histoires de tous les jours.

Regarde l'heure,
Regarde bien.
C'est elle qui te leurre :
Elle se fout de ceux à qui tu tiens,
Elle ravage tout ce que tu aimes…

Ne te fie pas à elle.
Un jour, tu rateras un train.
Elle te coupera toujours les ailes
Pour te faire penser aux lendemains.
Oublie-la… Oublie-la !

Invente un cadran,
Sans chiffres, sans heures,
Emprisonne la mer et ses falaises,
Et regarde comment le temps
A disparu, emportant les heurts
D'une vie de malaises.

Mais reviens, ne pars pas…
Ce pays n'existe pas !
Garde les pieds sur terre,
Car tu vas… j'ai beau faire…
Mais je sais…
Que de ces quelques vers,
Il ne restera qu'un pauvre rêve…

J'ai lavé la marée d'illusion
Qui entourait mon cœur comme un halo,
Aussi mesquine et glissante qu'un savon.
Comme le soleil sans brume est si beau.
J'ai laissé mes rêves avec le cosmos,
Les fusées ne partent que pour une élite
Dont je ne fait pas partie.
Ici s'arrête ma fuite
Et commence le salut à la vie.

Reste donc sur terre !

Ici bas, il y a de la lumière
Aussi.
Descends donc de tes nuages !
D'abord, va éclater l'orage,
Et puis…
Tu verras le printemps éclater,
Et peu à peu venir l'été.

Viens, donne-moi la main,
Ne t'envole pas en chemin.
Aide-moi !
J'ai trop écouté les mensonges du vent,
Comme lui, j'ai cru pouvoir tromper
le temps.
Mais je me suis cassé la figure
Tant de fois…

Le vent glisse
Sous mes ailes et m'emporte
Avec malice,
Sans bruit, sans escorte.
Je rêve, je vole…

Mon esprit vagabond m'emmène
Par vaux, monts et plaines.
Je rêve, je vole…

Pour moi, plus de murs ni de prisons.
Je m'envole à califourchon,
Sur les paroles d'une chanson.

Il y a ces moments de doute
Où l'on ne sait quelle route
Peut être la bonne,
Qu'il faudrait peut-être
Qu'on l'abandonne,
Sans savoir vraiment
Où l'on va…
Ne pas faire de choix.
Juste continuer,
Juste avancer,
Jusqu'au prochain tournant,
Jusqu'au prochain croisement,
Et découvrir ce qui nous attend…

A-t-on besoin d'une religion
Pour être juste et bon ?
A-t-on besoin d'un fusil
Pour prouver qu'on a raison ?
A-t-on besoin de la télé
Pour savoir quoi penser ?
Où est notre liberté
Si on se laisse manipuler ?

Ainsi va le fil de la vie !

Tu te crois tranquille,
Suivant un chemin facile,
Et puis un tournant
Et encore un autre,
Et puis un croisement,
L'un après l'autre
T'emmènent, tu ne sais pas
Vers qui, vers quoi.
Et tu poursuis ta route,
Malgré les embûches et les doutes,
Les petits bonheurs et les joies.
Ainsi va le fil de la vie…

C'est l'heure où

Le jour s'éteint
Dans le lointain.
C'est l'heure où
Il est trop tôt pour dormir
Et trop tard pour courir
Dans le bois où
Se cache le loup,
Qui n'attend
Que ce moment
Où la lune ronde
Éclaire le monde,
Pour sortir du fond du bois
Et, sous le rayon de lune,
Hurler que la nuit,
Le bois,
Sont à lui.

Je veux danser

Sous le soleil, sous la pluie,
Sous la lune qui luit.
Je veux chanter
Le jour et la nuit,
Sans jamais m'arrêter,
Poursuivre le vent,
M'envoler avec lui
Et surtout
Vivre mes rêves
Les plus fous.
Je veux rire et aimer
Aimer à la folie…

Quelqu'un passera par là
Et peut-être dira de moi
Que je suis fou
Oh ! S'il savait
Ce que je m'en fous,
La folie, ce n'est pas
Mais pas du tout
Ce que l'on croit…

Seule au volant,
La musique que j'aime à fond,
Le paysage défile,
Sur les paroles d'une chanson.
J'ai dix ou vingt ans, je ne sais plus mon âge,
J'oublie celle que je suis,
Je laisse tous mes soucis,
J'abandonne mes doutes,
Le long de la route.

Je n'ai plus d'attaches, pas de bagage,
Et pendant une heure ou deux,
J'ai tout l'avenir que je veux…

Vous le prenez pour un fou,
Un rêveur doux…
Un drôle de personnage,
Un peu fantasque,
Parfois triste ou romantique…
Mais il lui faut du courage
Pour faire partie de votre réalité.
Ce qui vous paraît utile
Peut lui sembler futile.
Il ne s'intéresse pas aux biens,
Il n'en a que faire,
Quand c'est à l'univers
Tout entier qu'il appartient.
Un sentier, un jardin,
Un coin de ciel bleu,
Une saison, une fleur…
Tout ou un rien l'émeut.
Là ou vous ne voyez que le laid,
Lui peut percevoir le beau.
Il peut tout sublimer,
Mais l'injustice, la méchanceté
Le blessent au plus haut point.
Alors tel un guerrier,
À la pointe du stylo,
Il brandit les mots,

Pourfend les idées
Toutes faites,
Défend le faible, le mal aimé.
Mais peut-être jamais
Il n'écrira un vers.
Car être poète,
C'est un instant,
Une minute d'éternité.
C'est moi et vous,
C'est avant tout
Un état d'être.

Longtemps, je vous ai cachés
Comme des trésors désuets
Ou des amours secrets.
Qu'est-ce que je craignais ?
Moi-même je ne le sais.

Je vous ai un peu partagés,
Timidement, c'est vrai.
Sans doute, peur de me dévoiler,
De ne pas être à la hauteur.
Mais encouragée par mes lecteurs…

Un jour, j'ai surmonté mes peurs,
J'ai osé vous rendre publics
Et soudain la vérité
Ma sauté aux yeux :
Il me faut vous libérer.

Aujourd'hui je vous donne,
Comme à mes enfants
De chair et de sang,
Le droit à la parole,
De prendre votre envol.

En vous libérant ainsi,
C'est à moi que je donne,
Aujourd'hui je le comprends,
Le droit d'être ce que je suis,
Tout simplement.

La liberté,
C'est dire oui, c'est dire non,
Dire ses envies, ses émotions.
C'est ouvrir une fenêtre
À ses rêves…

La liberté,
C'est ouvrir la porte.
Et pas besoin d'aller
À l'autre bout du monde,
Mais s'offrir le sien…

La liberté,
C'est refuser d'être un mouton,
De rentrer dans le moule
De la morale, des conventions.
C'est être soi avant tout…

La liberté,
C'est aimer,
Le dire, le crier,
Sans honte, sans crainte
D'être jugé…

La liberté,
C'est oublier son âge,
Oublier d'être sage.
Et aimer la vie
L'aimer à l'infini…

Elle apparaît soudain,
Au détour du chemin,
Simple bâtisse de pierre
Baignée de lumière,
Où des hôtes charmants
Accueillent simplement
Quelque voyageur égaré,
Venu se perdre de plein gré
Pour mieux se retrouver.
Un piano attend le visiteur
Qui saura le faire vibrer
Sous ses doigts légers.
Ici le temps va à son pas,
Sans heurts ni aléas.
Le jour se lève sans bruit
Berce doucement le rêveur
Encore endormi…

Un demi-siècle,
C'est pas si grave !
Crois-moi, je peux t'en parler.
C'est maintenant que tu es
Dans la fleur de l'âge,
Pas encore décatie,
Ni vraiment sage.
D'ailleurs on n'est pas obligée
De croire notre carte d'identité,
Qui sait si elle dit la vérité ?
Dans notre esprit,
Jeune on est restée,
Et ça peut bien encore durer :
Tant pis pour ceux qui
Vont devoir nous supporter
Un petit demi-siècle…

Dis, maman !

À quoi ça rêve un oiseau,
Une fleur, un ruisseau,
Et la lune tout là-haut ?

Dis, maman !
À quoi tu rêvais enfant
Quand t'avais pas dix ans ?
Comment tu rêvais à maintenant ?

Dis, maman !
Je voudrais tout savoir maintenant
Et me rappeler quand je serai grand
Tous mes rêves d'enfant…

Moi, mon petit,
Je rêvais de changer le cœur des gens,
D'un monde où il n'y aurait pas d'argent
Et pas de méchants !

Moi, mon petit,
Je rêve que tu restes ainsi,
Le cœur aussi grand qu'un soleil
Et que tout t'émerveille !

Je rêve aussi,
Que tu ne souffres jamais,
Que tu ne connaisses pas la peur
Mais seulement le bonheur…

Quarante ans qu'on se connaît.
Trente et quelques années
Que tu m'as accompagnée,
Du matin au soir
Et quelquefois même
Du soir au matin.
Y avait rien à faire !
Impossible de te quitter.
Si tu n'étais pas là,
J'étais capable de faire
Des kilomètres pour te trouver…
Notre relation était toxique,
Il fallait que je te quitte.
J'y ai mis beaucoup de temps,
J'y suis allée tout doucement.
Enfin j'y suis arrivée,
J'ai retrouvé la liberté :
Vivre sans toi, quel bonheur !

Cigarette de malheur…

Source de vie

Brille sous le soleil
Et luit dans la nuit,
Berce le sommeil
De son doux clapotis
Qui nous désaltère
Et nous rafraîchit.
Goutte de pluie
Qui nous exaspère
Quelquefois,
Invite à nous abriter
Ou à nous réchauffer.
Pluie douce d'été
Ou froide d'hiver,
Où vas-tu comme ça ?
Quel voyage fais-tu
À travers les nues,
Jusqu'aux profondeurs de la terre
Dont tu rejaillis un jour
Pour retrouver la lumière…

À toutes celles qui travaillent en poste décalé,
et dont on pense qu'elles ont beaucoup
de temps libre parce qu'on ne sait pas tout
de leur travail ni de leurs horaires....

Mères et douanières

Service terminé, enfin !
Il est trois heures du matin.
Rentrer dans la nuit
Sous un fin crachin,
Se poser cinq minutes
Et puis filer au lit.
Ne pas réveiller les petits,
Et encore moins le mari…
Fermer les yeux, enfin !
Après cette loonngue journée,
Dormir… dix minutes…
Quoi ? Qu'est-ce ?
Ce murmure… des pleurs ?
Oh non ! Le dernier
S'est réveillé.
Tant pis pour la nuit
À peine entamée.

Se forcer, ouvrir les yeux.
Un regard de côté :
Lui n'entend rien,
Dort à poings fermés.
Encore un effort, se lever,
Prendre l'enfant, lui parler,
Pas qu'il réveille la maisonnée.
Doucement le calmer.
Ne pas penser
Que dans quelques heures à peine,
Il va falloir retourner travailler,
Poser un sourire sur son visage
Et paraître en forme…
Vite emmener l'aîné à l'école,
Faire un peu de ménage,
Deux trois courses, le repas
Et remettre l'uniforme.
Déposer bébé chez la nourrice
Et se dire que ce soir,
C'est le papa qui sera
À la maison, de service…

C'est la complainte de l'affamé
Qui, à tout moment de la journée,
Quitte un instant ses jeux vidéo,
Sa chambre, son ordi, sa télé,
Ouvre le frigo, le placard à gâteaux :
Et n'y trouve rien qui lui plaît.
Alors, il se rappelle que vous existez.

Il est 11 h du soir et pris d'un fol espoir,
Vous croyez qu'il vient vous dire « bonsoir »
Mais ne rêvez pas quand même !
Ce n'est pas qu'il ne vous aime,
Mais comprenez son dilemme :
« Y a plus rien à manger ! »
Alors quand même amusée,
Vous l'emmenez vérifier
S'il y a de quoi se sustenter :
Des biscottes, des fruits,
Un ou deux biscuits,
Des légumes, du fromage,
Un reste de potage,
Des yaourts nature…
Mais l'ado n'en n'a cure,
Dans toute sa désinvolture,
Ce n'est pas ce qu'il a envie d'avaler.

Alors pour lui, CQFD :
Il n'y a plus rien à manger.

C'est la complainte de l'ado,
Le syndrome du frigo,
Du placard à gâteaux…
Qui n'est pas plein à gogo !

Jardin de mon enfance,
Pourquoi n'as-tu pas
Grandi avec moi ?

Tu étais une forêt dense,
Pleine d'aventures et de mystères.
Tu n'es plus qu'un jardin vulgaire,
Avec des arbres et des fleurs.

Tu as perdu tous tes héros,
Tes cow-boys et tes Indiens,
Tes tribus de Noirs africains…
Et Zorro est devenu zéro,
Les pirates sont tombés à l'eau…

Et tu es devenu petit,
Alors que moi, j'ai trop grandi.
Tous les kilomètres
Sont devenus des mètres…
Et tous mes rêves sont partis.

Une grille qui grince
En s'ouvrant.
Un vieux prunier,
Un vieux cerisier
Encore vaillants.
Et la tonnelle
Sous ses feuilles
Multicolores.
Et des herbes folles
Qui dansent sous le vent.
Oh, mon vieux jardin,
Je pense à toi si souvent !

Nous sommes arrivés,
Sans nous douter un instant
De ce qui nous attendait en la découvrant.
Saurai-je trouver les mots justes,
Suffisamment doux, assez forts,
Pour la décrire sans la dénaturer ?
Lui rendre toute sa splendeur,
Quand on pénètre en son cœur.
Elle est époustouflante de douceur et
de beauté,
Sa végétation luxuriante et merveilleusement
variée.
Mais pour la découvrir vraiment, il faut
la mériter,
Un peu souffrir, marcher, monter, transpirer,
Pour pouvoir enfin contempler,
impressionné,
Ses paysages authentiques, sa nature
primitive.
Avec ses vallées encaissées, inaccessibles,
Ses montagnes semblant surgies
De la nuit des temps, impassibles.
Avec à l'horizon, le bleu azur,
Dont on n'est pas sûr
Qu'il soit du ciel ou de la mer,
Où se jettent ses falaises déchiquetées.

Tu nous as envoûtés,
On ne peut t'oublier :
Madère, ô Madeira !

Terre de Lorraine,

Mal comprise, mal aimée,
Citée pour son ciel gris, ses hivers froids,
Montrée du doigt par les médias.
On ne parle plus de coups de grisou,
Tout est fermé, englouti.
On ne parle plus de métallurgie
Mais on ne parle pas non plus
De ceux qui continuent de mourir
D'y avoir travaillé tant d'années.
Personne pour montrer,
Qu'entre les usines abandonnées,
Les cités minières et les terrils,
Il n'y a pas que des ruines.
Mais des villes et des villages,
Des forêts, des étangs, des paysages,
Une nature belle et sauvage.
Le ciel y est bleu et le soleil y brille,
Tout autant qu'ailleurs.

Imprimé en février 2017 sur les presses de
l'imprimerie Poisneuf
56120 Josselin